Friedrich von Matthisson

Gedichte von 1787

Mannheim, Hof und akademische Buchhandlung

Friedrich von Matthisson

Gedichte von 1787
Mannheim, Hof und akademische Buchhandlung

ISBN/EAN: 9783743478312

Hergestellt in Europa, USA, Kanada, Australien, Japan

Cover: Foto ©Andreas Hilbeck / pixelio.de

Weitere Bücher finden Sie auf **www.hansebooks.com**

Gedichte

von

Friedrich Matthisson.

Mannheim
in der neuen Hof- und akademischen Buchhandlung.
1787.

An

Karl von Bonstetten
in Bern

und

Johannes Müller
in Mainz.

Elegie

in den Ruinen eines alten Bergschlosses geschrieben.

Schweigend in der Abenddämmrung Schleier,

Ruht die Flur, das Lied der Haine stirbt,

Nur daß hier, im alternden Gemäuer,

Melancholisch noch ein Heimchen zirpt.

Stille sinkt aus unbewölkten Lüften,

Langsam ziehn die Heerden von den Triften,

Und der müde Landmann eilt der Ruh

Seiner väterlichen Hütte zu.

Hier, auf diesen waldumkränzten Höhen,

   Unter Trümmern der Vergangenheit,

Wo der Vorwelt Schauer mich umwehen,

   Sei dies Lied, o Wehmuth, dir geweiht:

Trauernd denk' ich, was vor grauen Jahren

Diese morschen Ueberreste waren;

   Ein bethürmtes Schloß, voll Majestät

   Auf des Berges Felsenstirn erhöht!

Dort, wo um des Pfeilers dunkle Trümmer

   Traurigflüsternd sich der Epheu schlingt,

Und der Abendröthe trüber Schimmer

   Durch den öden Raum der Fenster blinkt,

Segneten vielleicht des Vaters Thränen

Einst den Edelsten von Deutschlands Söhnen,

   Dessen Herz der Ehrbegierde voll,

   Heiß dem nahen Kampf entgegen schwoll.

Zeuch in Frieden, sprach der greise Krieger,

Ihn umgürtend mit dem Heldenschwert,

Kehre nimmer, oder kehr' als Sieger,

Sei des Namens deiner Väter werth!

Und des edlen Jünglings Auge sprühte

Todesflammen, seine Wange glühte,

Gleich dem aufgeblühten Rosenhain

In der Morgenröthe Purpurschein.

Wild, wie Meere toben, flog der Ritter

Dann mit frohem Ungestüm zur Schlacht,

Wie der Tannenwald im Sturmgewitter,

Beugte sich vor ihm des Feindes Macht!

Mild, wie Bäche, die durch Blumen wallen,

Kehrt er zu des Felsenschlosses Hallen,

Zu des Vaters Freudenthränenblick,

In des keuschen Mädchens Arm zurück.

Ach! mit banger Sehnsucht blickt die Holde,

Oft vom Söller nach des Thales Pfad;

Schild' und Panzer glühn im Abendgolde,

Rosse fliegen! der Geliebte naht!

Sprachlos nun die treue Hand ihm reichend,

Steht sie da, erröthend und erbleichend,

Aber was ihr sanftes Auge spricht

Sänge selbst dein Mund, o Liebe, nicht!

Laut erscholl' im hochgewölbten Saale,

Dort wo aus dem Schutt die Säule ragt,

Dann der Klang der mächtigen Pokale,

Unter Freud' und Scherz entfloh' die Nacht.

Die Geschichten schwererkämpfter Siege,

Grauser Abentheu'r im heilgen Kriege,

Weckten in der rauhen Helden Brust

Der Erinnrung schauerliche Lust.

O der Wandlung! Graun und Nacht umdüstern

Nun den Schauplaz jener Herrlichkeit!

Schwermuthsvolle Abendwinde flüstern,

Wo die Starken sich des Mahls gefreut!

Disteln wanken einsam auf der Städe,

Wo um Schild und Speer der Knabe flehte,

Wann der Schlachtdrommete Ruf erklang

Und sich wild aufs Roß der Vater schwang!

Asche sind die ehernen Gebeine,

Staub der Helden Felsenstirnen nun!

Kaum daß halbversunkne Leichensteine

Noch die Städe melden, wo sie ruhn.

Viele wurden längst ein Spiel der Lüfte,

Ihr Gedächtniß sank wie ihre Grüfte,

Und den Thatenglanz der Heldenzeit

Hüllt das Dunkel der Vergessenheit!

So vergehn des Lebens Herrlichkeiten!

So entfleucht das Traumbild eitler Macht!

So versinkt' im schnellen Lauf der Zeiten,

Was die Erde trägt, in öde Nacht!

Lorbeern, die des Siegers Stirn umkränzen,

Thaten, die in Erz und Marmor glänzen,

Urnen, der Erinnerung geweiht,

Und Gesänge der Unsterblichkeit!

Alles was mit Sehnsucht und Entzücken

Hier am Staub ein edles Herz erfüllt,

Schwindet, gleich des Herbstes Sonnenblicken,

Wenn ein Sturmgewölk den Aether hüllt.

Die am Abend freudig sich umfassen

Sieht die Morgenröthe schön verlassen;

Selbst der Freundschaft und der Liebe Glück

Läßt auf Erden keine Spur zurück!

Süsse Liebe! deine Rosenauen

Gränzen an bedornte Wüstenei'n,

Und ein plözliches Gewittergrauen

Düstert oft der Freundschaft Himmelsschein.

Hoheit, Ehre, Macht und Ruhm sind eitel!

Eines Weltgebieters stolze Scheitel

Und ein zitternd Haupt am Pilgerstab

Deckt mit einer Dunkelheit das Grab!

Die Vollendung.

Wenn ich einst das Ziel' errungen habe,
In den Lichtgefilden jener Welt,
Heil, der Thräne dann an meinem Grabe
Die auf hingestreute Rosen fällt!

Sehnsuchtsvoll, mit hoher Ahndungswonne,
Ruhig, wie der mondbeglänzte Hain,
Lächelnd, wie beim Niedergang die Sonne,
Harr' ich, göttliche Vollendung, dein!

Eil', o eile mich empor zu flügeln
Wo sich unter mir die Welten drehn,
Wo im Lebensquell sich Palmen spiegeln,
Wo die Liebenden sich wieder sehn.

Sklavenketten sind der Erde Leiden,

    Oft, ach! öfters bricht sie nur der Tod!

Blumenkränzen gleichen ihre Freuden,

    Die ein Westhauch zu entblättern droht!

Grablied.

Auch des Edlen schlummernde Gebeine
Hüllt das Dunkel der Vergessenheit,
Moos bedeckt die Schrift am Leichensteine,
Und sein Name stirbt im Lauf der Zeit!

Wann erwacht die neue Morgenröthe?
O wann keimt des ewgen Frühlings Laub?
Niedrig ist der Todten Schlummerstäte,
Eng' und düster ihr Gemach von Staub!

Noch umkränzen Rosen meine Locken,
Liebe lächelt alles um mich her;
Nach dem lezten Klang der Sterbeglocken
Denkt kein Mensch des guten Jünglings mehr.

Die Betende.

Laura betet! Engelharfen hallen

    Tröstung Gottes in ihr krankes Herz,

Und wie Abels Opferdüfte wallen

    Ihre Seufzer himmelwärts.

Wie sie kniet, in Andacht hingegossen,

    Schön wie Raphael die Unschuld malt!

Vom Verklärungsglanze schon umflossen

    Der um Himmelswohner stralt.

O sie fühlt, im leisen, linden Wehen,

    Näher ihres Gottes Gegenwart,

Sieht im Geiste schon die Palmenhöhen

    Wo der Lichtkranz ihrer harr't!

So von Andacht, so von Gottvertrauen

Ihre engelreine Brust geschwellt,

Betend diese Heilige zu schauen,

Ist ein Blick in jene Welt!

An Laura,

als sie Klopstocks Auferstehungslied sang.

Herzen, die gen Himmel sich erheben,
Thränen, die dem Auge still entbeben,
   Seufzer, die den Lippen leis' entfliehn,
Wangen, die mit Andachtsglut sich malen,
Truncke Blicke, die Entzückung stralen,
   Danken dir, o Heilverkünderin!

Laura! Laura! horchend diesen Tönen,
Müssen Engelseelen sich verschönen,
   Heilige den Himmel offen sehn,
Schwermuthsvolle Zweifler sanfter klagen,
Kalte Frevler an die Brust sich schlagen
   Und wie Seraph Abbadona flehn!

B

Mit den Tönen des Triumphgesanges

Trank ich Vorgefühl des Ueberganges

Von der Grabnacht zum Verklärungsglanz!

Als vernähm' ich Engelmelodien

Wähnt' ich dir, o Erde, zu entfliehen,

Sah' schon unter mir der Sterne Tanz!

Schon umathmete mich Himmelsmilde,

Schon begrüßt ich jauchzend die Gefilde,

Wo des Lebens Strom durch Palmen fleußt!

Glänzend von der nähern Gottheit Strale

Wandelte durch Paradiesesthale

Wonneschauernd mein entschwebter Geist!

An Laura.

Freud' umblühe dich auf allen Wegen,
Schöner als sie je die Unschuld fand,
Seelenruh, des Himmels bester Segen
Walle dir wie Frühlingshauch entgegen,
Bis zum Wiedersehn im Lichtgewand!

Lächelnd wird der Seraph niederschweben,
Der die Palme der Vergeltung trägt,
Aus dem dunkeln Thal zu jenem Leben
Deine schöne Seele zu erheben,
Wo der Richter unsre Thaten wägt.

B 2

O dann töne Gottes ernste Waage

   Wonne dir, von jedem Mißklang frei,

Und der Freund an deinem Grabe sage:

Glückliche! der lezte deiner Tage

   War ein Sonnenuntergang im Mai!

O dann töne Gottes ernste Waage

   Wonne dir, von jedem Mißklang frei,

Und der Freund an deinem Grabe sage:

Glückliche! der lezte deiner Tage

   War ein Sonnenuntergang im Mai!

An Laura.

—

Wann der Abend die Gefilde röthet,
Alles sich im Dämmerlicht verschönt,
Wann die Nachtigall im Grünen flötet,
Und des Dorfes Glocke tönt;

Wann mit Golde sich die Wolken säumen,
Wann des Baches Stimme leiser hallt,
Und von duftbewölkten Gartenbäumen
Blüthenregen niederwallt;

Oder wann, mit hoher Ahndung Schauer,
Die verschwiegne Nacht vom Himmel sinkt,
Und voll Sympathie und stiller Trauer
Jeder Stern herunterblinkt;

Wann der volle Mond, mit bleichem Strale
   Schwermuthsvoll wie ein getrennter Freund,
Auf die frühen moosbewachs'nen Maale
   Himmlischer Geliebten scheint:

Dann erwache, mit dem Himmelsklange
   Der Begeisterung, dein Saitenspiel,
Dann, o Laura, werde zum Gesange
   Süsser Schwermuth dein Gefühl!

An Laura.

Ueber den Sternen, Freundin, in des Himmels
  Ewigblühenden Lauben, wo die hohen
  Halleluja feiernder Engel tönen,
    Sehn wir uns wieder!

Heiter und lichthell rinn' indeß dein Leben
  Durch das lachende Maithal deiner Jugend,
  Unschuld, Freud' und kindliche Ruhe müssen
    Ewig dich kränzen!

B 4

Lauras Quelle.

Chiare, fresche e dolci acque

Ove le belle membra

Pose colei, che sola a me par donna;

Date udienza — —

Alle dolenti mie parole estreme!

Petrarch;

Quelle! dich grüßt mein Blick mit Sehnsuchts-

thränen;

Seit am Blumenaltare deiner Ufer,

Seit im Tempel deiner Gesträuche, Laura

Weinend mit Gott sprach!

Geister des Himmels müssen dich umschweben,
Stille Städe, wo Laura betend hinsank,
　　Wo die Zukunft über der Gruft sich ihren
　　　　Blicken enthüllte!

Huldigend schmiegten sich des Frühlings Kinder
Um des weissen Gewandes Saum, die Lüfte
　　Wehten Purpurblüthen auf ihres Hauptes
　　　　Wallenden Schleier!

Ueber ihr Antliz war die Ruh' des Himmels,
War der Friede der Engel ausgegossen,
　　Und verklärend hellte des bessern Lebens
　　　　Hoffnung ihr Auge.

Siehe! da wallte Gott, im sanften Säuseln,
Durch die Stille des Hains, Erhörungswonne
Floß, wie Thau in schmachtende Rosenkelche,
Ihr in die Seele!

Quelle! dich grüßt mein Blick mit Sehnsuchts-
thränen!
Jede Blume, worauf die Holde kniete,
Will ich sorgsam pflücken, und ihre Urne
Weinend bekränzen!

An Lauras Geist.

Wenn im Irrgang dieses Lebens,

Ohne Freund,

Kummervoll mein Auge weint,

Und der Erdenwonnen keine

Mich erfreuen kann:

O erscheine

Tröstend mir, du engelreine,

Gottgeweihte Seele dann!

Wenn ich müd' und trostlos wanke,

Ach! verkannt,

An des Kummers kalter Hand,

Durch verwachs'ne, wilde Haine,

Ohne Stab und Bahn:

O erscheine

Leitend mir, du engelreine

Gottgeweihte Seele dann!

Wenn mein Geist einst, gleich der Sonne

Goldnem Licht,

Durch des Todes Wolke bricht,

Und, daß er sich dir vereine,

Schimmert Himmelan:

O erscheine

Liebend mir, du engelreine,

Gottgeweihte Seele dann!

Die Unsterblichkeit.

An Elisa.

Lehnst du deine bleichgehärmte Wange
Immer noch an diesen Aschenkrug?
Und beweinst den Todten, den schon lange
Zu der Seraphim Triumphgesange
Der Vollendung Flügel trug?

Siehst du Gottes Sternenschrift dort flimmern,
Die der bangen Schwermuth Trost verheißt?
Heller wird der Glaube nun dir schimmern,
Daß hoch über seiner Hülle Trümmern
Walle des Geliebten Geist!

Seelen, die den Kelch des Glaubens tranken
    Wann ihr Pfad in Dunkel sich verlor,
Steigen aus der Schwermuth finstern Schranken,
Wie auf Adlersflügeln, zum Gedanken
    Der Unsterblichkeit empor!

Wohl, o wohl dem liebenden Gefährten
    Deiner Sehnsucht, er ist ewig dein!
Wiedersehn, im Lande der Verklärten,
Wirst du, Dulderin, den Langentbehrten
    Und wie er unsterblich seyn!

Die sterbende Elisa.

Hark! they wisper; Angels say,
Sister spirit come away!

Pope

Heil! dies ist die lezte Zähre
Die Elisas Aug' entfällt,
Schon enthüllt sich ihr die Sphäre
Jener bessern Himmelswelt!
Leicht, wie Morgennebel schwinden,
Ist des Lebens Traum entflohn,
Paradiesespalmen winden
Seraphim der Schwester schon!

Schweben auf die Stäte nieder

   Wo sie mit dem Tode ringt,

Singen Hallelujalieder

   Bis die Erdenhülle sinkt.

Ha! mit deinem Staubgewimmel

   Fleugst, o Erde, du dahin!

Näher glänzt der offne Himmel

   Schon der Ueberwinderin.

Harfen tönen ihr willkommen,

   In der Lebensbäume Wehn,

Engel singen: Heil, der Frommen

   Heil, der Frühvollendeten!

Die empor, mit Adlerschnelle,

   Zu des Lichtes Urquell stieg;

Tod, wo ist dein Stachel? Hölle!

   Stolze Hölle, wo dein Sieg?

Todten‐

Todtenfeier
am
Grabe Elisas.

Ein Jüngling.

Still wandeln wir, bei Sternenschein

Zum dämmernden Zypressenhain,

Dir Blumen auf die Gruft zu streun,

Gebrochen mit der Liebe Sehnen,

Beträufelt mit der Liebe Thränen!

Ein Mädchen.

In froher Eintracht giengen wir,

Im goldnen Schein des Abends, hier

Vor wenig Tagen noch mit dir,

Wo wir den ersten Kranz des Maien

Nun deinem stillen Grabe weihen!

C

Chor der Mädchen.

Du blühtest am Staube nur kurz, aber schön!

Umsonst war der weinenden Zärtlichkeit Flehn!

Nun blühst du in himmlischen Hainen,

Wo Freundschaft und Liebe nicht weinen!

Ein Jüngling.

Auf welcher Sphäre wandelst du?

Flogst du dem stillen Monde zu?

Nur einen Tropfen deiner Ruh',

Verklärte, geuß ins Herz der deinen

Die hier an deinem Grabe weinen!

Ein Mädchen.

Dort blinkt ein Sternchen rein und mild

In Silberwolken halb verhüllt,

Ist da das liebliche Gefild,

Wo wir, bei lindrer Lüfte Wehen,

Einst unsre Freundin wiedersehen?

Chor der Jünglinge

Es wohnt auf des Sternchens Gefilden voll Licht,

Es wohnt auf dem Monde die Glückliche nicht,

Schon wandelt, hoch über den Sphären,

Sie unter der Seligen Chören!

Ein Jüngling.

O Selma! heitre deinen Thränenblick!

Beginne den Triumphgesang, der Ruh'

Und Himmelstrost in unsre Seelen goß,

In jener bangen, schauervollen Nacht,

Da der geliebte Geist der Erd' entfloh.

Mit jungen Rosen wollen wir indeß

Des Hügels Grün umpflanzen und den Kranz

Der Himmlischen zum Todtenopfer weihn.

Selma.

(Ein Lied mit Harfen.)

Die du zu jenen Höhen,

Wo Himmelslüfte wehen,

Auf Seraphsflügeln schwebst,

Und nach des Lebens Nächten,

Zum Lande der Gerechten

Dein triumphirend Haupt erhebst:

Wir klagen, du Erhöhte,

An dieser ernsten Stäte

Dir stillen Geistes nach,

Wo mit des Dankes Thräne,

In heitrer Engelschöne,

Dein sanftes Aug' im Tode brach.

Im stralenden Gewande
Schwebst du dem Vaterlande
Der guten Seelen zu!
Dort schatten Siegespalmen,
Dort tönen Engelpsalmen
Dort blüht die Heimath ew'ger Ruh'!

Des Erdentages Schwüle
Wird Abendhauch am Ziele,
So Himmelsblumen blühn,
Wo keine Thränen fliessen,
Wo dich Verklärte grüssen,
rum Heil dir Ueberwinderin!

Beide Chöre.

Freundlich bebt durch düstre Thränenweiden

    Auf Elisas Grab

    Sternenglanz herab!

Hell're Schimmer, o Geliebte, kleiden

Deinen Geist am lichten Strom der Freuden,

Dessen Fülle keinen Wechsel kennt;

Wo von Freunden Freunde nicht mehr scheiden,

Wo kein Todeskampf mehr, unter Leiden

    Welche keine Sprache nennt,

    Gleichgeschaffne Seelen trennt!

An den Abendstern.

Wie ruhig blinkt aus wolkenloser Ferne
Dein schönes Licht, du freundlichster der Sterne,
   Wie lieblich wallt im See dein zitternd Bild!
Wie oft hast du, wenn ich, vom West umfächelt,
Im Grünen lag, mir Seelenruh' gelächelt,
   Wie oft mit hoher Ahndung mich erfüllt!

Ist's Mitleid, was dein sanftes Auge trübte?
Von Allen fern die meine Seele liebte
   Wall' ich des Lebens dunkle Bahn hinab!
Wann wird der Schwermuth trübe Dämmrung
   tagen?
Ach! wann verhallt die lezte meiner Klagen?
   Wann blickst du auf mein unbethräntes Grab?

Der Grabstein.

Bemooster Stein, im heiligen Gefilde
  Der Aussaat Gottes, sei mir froh gegrüßt!
O du, auf den des Abendhimmels Milde
  So freundlich sich ergießt!

Seit Jahren schweigen dir die Klagetöne
  Des Freundes schon auch sein Gebein ist Staub;
Dir streut kein Mädchen mehr, mit frommer
                                        Thräne,
  Des Frühlings Erstlingslaub!

Wer nennt mir deinen Schlummrer? Halbverwit=
tert,

Blieb dir des Todtenkopfes Zierde nur,

Die Schrift erlosch, und Wintergrün umzittert

Des Namens dunkle Spur!

Dir eil' ich zu, des Weltgetümmels müde,

Wann durchs Gebüsch die Abendröthe bebt,

Altar der Hofnung! wo Jehovas Friede

Auf Engelflügeln schwebt!

Elegie
auf einem Gottesacker geschrieben.

Mein Geist, des Erdewallens müde,
  Sehnt sich, o Tod, nach deiner Ruh!
Denn meines Herzens goldner Friede
  Flog seinem Eden wieder zu.

Wie Regenbogenschimmer schwanden
  Der Jugend holde Phantasie'n!
Den Kranz, so Lieb' und Freundschaft wanden,
  Hieß, Trennung, deine Hand verblühn!

O selige Erinnerungen!
　　Da ich am Lenzumblümten Bach
Von Nachtigallen eingesungen,
　　Als sorgenfreier Knabe lag!

Da unbedornten Blumenwegen
　　Entzücken, Strom auf Strom, entquoll,
Mir Sphärenmelodie entgegen
　　In jedem Frühlingsliede scholl!

O steh' mir immerdar zur Seite,
　　Geliebtes Bild der Knabenzeit,
Bis zur Vollendung, dann geleite
　　Mich im Triumph zur Ewigkeit!

Empor, empor zu jenem Lande,

   Von wo du stammest, o mein Geist!

Wo du, im stralenden Gewande,

   Dich ewig deines Gottes freu'st!

Dort trinkst in vollen Taumelzügen,

   Du süße, niebereute Lust,

Dort wird der Thränen Quell versiegen,

   Dort schwellt kein Seufzer mehr die Brust!

Dort strömt dir Paradieseswonne

   In tausend Lebensbächen zu,

Dort lächelt eine mildre Sonne

   Dir Heiterkeit und Seelenruh!

Der Abend.

Purpur malt die Tannenhügel
  Nach der Sonne Scheideblick,
Lieblich stralt des Baches Spiegel
  Hespers Fackelglanz zurück.

Wie in Todtenhallen düster
  Wird's im Pappelweidenhain,
Unter leisem Blattgeflüster
  Schlummern alle Vögel ein.

Nur dein Abendlied, o Grille,
  Tönt noch aus bethautem Grün,
Durch der Dämm'rung Zauberhülle
  Süße Trauermelodien!

Tönst du einst im Abendhauche,

Grillchen, auf mein frühes Grab,

Aus der Freundschaft Rosenstrauche,

Deinen Klaggesang herab:

Wird noch stets mein Geist dir lauschen,

Horchend wie er jezt dir lauscht,

Durch des Hügels Blumen rauschen,

Wie dies Sommerlüftchen rauscht!

Der Frühlingsabend.

Ueber des Frühlings Blüthen funkelt Hesper,
Leiser wandelt des Abends linder Odem
Durch des Hügels Blumen und durch der Haine
Dämmernde Wipfel.

Golden vom Schimmer lichter Westgewölke,
Ruht im Thale des See's kristallner Spiegel,
Lieblich kränzen flüsternde Pappeln seine
Grünenden Ufer.

Schmachtendes Sehnen nach des Tags Erwachen,
Dem kein sterbender Abendglanz wird folgen,
Trübt den Blick mir unter des jungen Früh-
lings
Duftenden Blüthen!

Die Trennung.

An Henriette.

Wann der bängste meiner Erdentage,
Furchtbar wie das Weltgericht, erscheint,
Dann, du weichgeschaffne Seele, klage
Mitleidsvoll um den verlaßnen Freund!

Düster werden seine Jahre schwinden,
In Gefilden, wo kein Blümchen sprießt,
Bis im Schatten stiller Kirchhoflinden
Seinen Staub die Rasengruft umschließt.

In

In der Schwermuth schauervollen Hainen
  Wird dem Traurenden dein liebes Bild,
Wie ein Engel Gottes oft erscheinen,
  In' der Hofnung Morgenroth gehüllt!

Ruh' wird dann ins bange Herz ihm sinken,
  Trost von Gott auf ihn herunterwehn! –
So den Lichtquell die Verklärten trinken,
  Freundin! werden wir uns wiedersehn!

Wall' indeß des Lebens dunkle Thale,
  Frommes Mädchen, sonder Harm und Leid,
Wie ein Stern aus bessern Welten strale
  Dir der Glaube der Unsterblichkeit!

D

Der Frühlingsabend.

Beglänzt vom rothen Schein des Himmels bebt
Am zarten Halm der Thau,
Der Frühlingslandschaft zitternd Bildniß schwebt
Hell 'n des Stromes Blau.

Schön ist der Wiese Grün, des Thals Gesträuch,
Des Hügels Blumenkleid,
Der Erlengang, der schilfumkränzte Teich
Mit Blüthen überschneit;

Schön ist der Quell, der Hain, der Abendstern,
Der Baum der Kühlung thaut,
Und alles was mein Auge, nah' und fern,
Dankweinend überschaut!

Ja es umschlingt und hält der Wesen Heer
    Der ew'gen Liebe Band!
Den Lichtwurm und der Sonne Feuermeer
    Schuf Eine Vaterhand.

Du winkst, Allmächtiger, wenn hier dem Baum
    Ein Blüthenblatt entweht;
Du winkst, wenn dort, im ungemeßnen Raum,
    Ein Sonnenball vergeht!

Der Abend.

An Heinrich Stilling.

Wie lieblich sinkt, aus unbewölktem Blau,
Des goldnen Abends süsse Ruh' herab!
Ein sanftes Rosenlicht umfließt den Hain,
Mischt mit des Baches Silberwelle sich,
Bepurpurt Berg und Thal und Wiesenflur.
Wie still ist Gottes Schöpfung ringsumher!
Nur dort im blühenden Gesträuche singt,
Mit sanfter Klage, noch die Nachtigall
Dem hingeschiednen Tag' ein Sterbelied.

Ich hebe freudig meine Augen auf,

Und, siehe! du bist überall, o Gott!

Du bist es, Unerschaffner, der im Hauch

Des Abendwindes mir vorüberwallt

Und frohen Schauer seiner Gegenwart

In meine tiefgerührte Seele gießt!

Du bist es, der dies Veilchen, welches hier

Der Demuth Bild, im niedern Grase blüht,

Aus mütterlichem Schooß der Erde rief,

Ihm Farbenglanz und süße Düfte gab;

Doch auch des Wurmes Vater bist du, Gott!

Der dieses Veilchens, seiner Welt, sich freut!

O wie sind deiner Wunder viel, o Herr!

Kein Geist, im Schranken seiner Endlichkeit,

Mißt sie nicht. Wohin mein Auge schaut,

Alles Kette, Ordnung, Harmonie,

Und deiner Herrlichkeiten Widerglanz!

O du, der war und ist und seyn wird! du,

Auf dessen Machtwink Welten untergehn,

Und Welten werden, Unbegreiflicher!

Der Mensch, was ist er, daß du sein gedenkst?

Anbetung dir, und Preis und heisser Dank

Im Tempel deiner herrlichen Natur,

Steigt mein Gebet, o Weltgeist, stillvereint

Mit dieser Wiesenblumen Opferduft,

Zu dir, zu dir aus trunkner Seel' empor!

Die Liebe.

Wenn nicht mit Göttermacht die Liebe,
   Aus Dunkelheiten unser Herz
Zu lichten Himmelshöh'n erhübe,
   Wer trüge dann des Lebens Schmerz?

Sie tränkt den Geist mit Seligkeiten,
   Die selbst Petrarka's Lied nicht singt,
Sie folgt dem Fluge des Geweihten,
   Wann er dem Staube sich entschwingt!

Und stürzt', umdonnert von den Flammen
   Des schreckenvollen Weltgerichts,
Der Erdkreis unter ihr zusammen,
   Die Liebe bleibt und fürchtet nichts!

Beruhigung.

Wo durch dunkle Buchengänge

 Blasser Vollmondschimmer blinkt,

Wo um schroffe Felsenhänge

 Sich die Epheuranke schlingt,

Wo aus halbverfallnem Thurme

 Ein verlaßnes Bäumchen ragt,

Und, emporgescheucht vom Sturme,

 Schauervoll die Eule klagt;

o um sterbende Gesträuche

Sich der graue Nebel dehnt,

o im trüben Erlenteiche

Dürres Rohr im Winde tönt,

in wildverwachsnen Gründen

Dumpf der Waldstrom wiederhallt,

, ein Spiel den Abendwinden,

Welkes Laub auf Gräber wallt;

im bleichen Sternenscheine,

lm den frühverlornen Freund,

m im Zypressenhaine,

ofnungslose Sehnsucht weint:

a wandelt, von den Spielen

igestaunter Thorheit fern,

hnenden Gefühlen,

wermuth, dein Vertrauter gern!

Da erfüllt ein stilles Sehnen

    Nach des Grabes Ruh' sein Herz,

Da ergießt in heissen Thränen

    Sich der Seele banger Schmerz,

Und sein Blick durchschaut die trübe

    Zukunft ruhig bis ans Grab,

Und es tönt: Gott ist die Liebe!

    Jeder Stern auf ihn herab!

Elegie

an

Sophie von Seckendorf

und

Eleonore von Kalb.

In des einsamen Thales Umschattungen, wo sich
der Bergquell

Durch verwachsnes Gesträuch, schäumend vom
Felsenhang stürzt,

eilt' ich im dämmernden Lichte des sinkenden Tages und streute,

In Gedanken versenkt, sterbendes Laub in die
Fluth:

ehe! da nahte, bekränzt mit halbentblätterten
Rosen,

Die Erinnerung mir, lächelnde Wehmuth im
Blick.

Ein verblichnes Gewand umwallte die göttliche
Bildung,

Unter der Wandelnden Fuß sproßten Vergiß=
meinnicht auf.

Herzlich sei mir gegrüßt, im scheidenden Strale
des Tages!

Rief ich der Himmlischen zu, zaubre, du Freund=
liche, mir

Jene Stunden der Wonne zurück, in täuschenden
Bildern,

Die mir am Busen der Ruh' oder der schönen
Natur,

Die mir im trauten Gespräch mit ähnlichempfin=
denden Seelen,

Oder am heiligen Born göttlicher Weisheit ent=
flohn!

h! der Sterblichen Freuden, sie gleichen den
Blüthen des Lenzes,

Die ein spielender West sanft in den Wiesenbach
weht,

g wallen sie, kreisend auf tanzenden Wellen hin=
unter,

eich der entführenden Fluth kehren sie nimmer
zurück!

seht' ich, da neigte mit nnaussprechlicher An=
muth,

entwölfterem Blick, sich die Göttin herab,

thüllte die blendende Fläche des magischen
Spiegels,

lebendig und treu, jeder Vergangenheit
Bild,

seligen Spielen des Knaben, bis zu des ge=
beugten

wankendem Tritt, jedes Geliebten Gestalt,

Den das Schiksal seit Jahren aus unsern Umar=
mungen loswand,

Im verschönerndem Licht süsser Begeisterung
zeigt.

Bilder kamen und Bilder verschwanden; die Tage
der Kindheit

Wallten, von Freuden umtanzt, lächelnd und ro=
sig vorbei.

Wie erbebte die frohe, im Anschaun ergossene Seele!

O wie schauerte mir Wonne durch Mark und Ge=
bein!

O wie ruhte mein Blick mit Himmelsempfindung
auf jeder

Holden Freundesgestalt, die mir im Spiegel er=
schien!

Bilder kamen und Bilder verschwanden; der Tä=
ge des Jünglings

Wallten wenige nur lächelnd und rosig vorbei.

er den wenigen grüßte vor allen mein Auge mit
Thränen

tiller Freude den Tag, der mir auf herbstlicher
Flur,

den wildromantischen Berggestaden des Ne-
ckars,

nter Gefühlen entfloh welche die Sprache nicht
nennt!

: Seelen! durch euch entfloh dieser Tag unter
Freuden,

nter Empfindungen mir, welche die Sprache
nicht nennt!

, o Freundinnen, kränzet ihn herrlich mit Blüthen der Freundschaft

Die sie jenseits der Gruft bei den Unsterblichen
blühn!

um werd' ich auch sein mit Wehmuth und Wonne gedenken

Bis meinen schlummernden Staub einst die Ver-

gessenheit hüllt.

Blumen werd ich mit jeglichem Lenze, zu seinem

Gedächtniß,

Der Erinnerung weihn, welche sein Bild mir

bewahrt,

Wie der traurende Freund des frühvollendeten

Freundes

Einsamgrünendes Grab weinend mit Blumen

bestreut.

Wann verborgen und still mein Leben mir einst in

der Ferne

Gleich dem versiegenden Quell oder Gefilde ver-

rinnt:

O dann werd' ich noch oft im Geiste den Bergpfad

erklimmen,

Wo das Rauschen des Stroms, welcher aus Fel-

sengeklüft,

Tief im walbichten Thal, mit stürzender Eil sich
hervorwälzt,

Wo der Nebel, der sanft an den Gebirgen hinab

Sich in bläulichen Wallungen zog, wie von Geister-
gestalten,

Von des umdüsterten Hains röthlichen Wi-
pfeln durchblickt,

Wo die melodische Quelle, die blinkend wie Licht von
des Berges

Schattiger Höh' sich herab tönend ins Wiesen-
thal gießt,

Wo der Gang durch Rebengeländer voll schwellen-
der Trauben,

Wo zur Linken der Berg, dunkel mit Waldung
schattirt,

Und die Engelswiese zur Rechten am grünenden
Abhang,

E

Wo die ganze Natur, rührend und feierlichernst,

O gefühlvolle Beide, der reinsten Empfindung ge=

schaffen,

Euch zur göttlichen Ruh' seliger Geister erhob!

Wann verborgen und still, mein Leben mir einst in

der Ferne

Gleich dem versiegenden Quell oder Gefilde ver=

rinnt:

O dann werd' ich noch oft mein Auge gen Himmel

erheben

Und dem Unendlichen flehn, daß Euren irdischen

Pfad

Linde Lüfte der Ruh', wie Hauche des Frühlings,

umathmen,

Daß Euch heiter und mild strale der Hofnung Ge=

stirn,

Bis die Hülle des Geistes zerfällt und in himmli=

schen Welten

Euch der Morgen erwacht, welchem kein Abend

mehr folgt.

Dort, wo nicht mehr auf Gräber die Thräne der Zärt-

lichkeit hinträuft,

Wo mit dem Freunde den Freund, mit dem Ge-

liebten die Braut

Lohnend die ewige Liebe zu ewiger Liebe vereinigt,

Wo der Himmel sich nie über dem Liebenden

wölft!

Die Sommernacht.

Wann mir dein Fittig, duftende Sommernacht,
Im Thal des mondbeschimmerten Silberquells,
Auf hainumkränzten Blumenhügeln
Oder im Schatten der Erle, säuselt:

Dann bebt Entzückungsschauer durch mein Gebein!
Dann tagt der Schwermuth täuschende Dämme-
rung,
Und mild, wie Abendsonnenblicke,
Lächelt der Hofnung entwölftes Auge!

An eine Leidende.

Arme Verlaßne! dein harren die Hütten des
ewigen Friedens,
Bald schwebt näher der Ruh' lächelnder Genius
dir!
Weine, du Liebende, nicht, bald tönt der Vollendung
Triumphlied;
Bald der Engelgesang, der dich Schwester begrüßt!
Ueber den Sternen, Geliebte! am Urqell der Kraft
und des Lebens,
Grünt die Palme die dann dich unter Himmli=
schen kränzt!

An die Stille.

Wann aus leichter Silberhülle
    Luna niederschaut,
Sehn' ich mich nach dir, o Stille,
Wie der Jüngling nach der Braut!

Ach! mit wehmuthsvoller Rührung,
    Freundin! denk ich dein,
Hier wo Leichtsinn und Verführung
Giftbethaute Rosen streun!

Wo des Lasters Stirn zu kränzen
    Tausend Blumen blühn,
Wo vor wilden Taumeltänzen
Grazien und Unschuld fliehn;

Zo der Name des Verbrechers

   Zu den Sternen dringt,

nd das Haupt des Tugendrächers

n des Kerkers Nächte sinkt!

beglückt, wen in des Haines

   Dämmerung versteckt,

n der Quelle Rand, ein kleines,

uschumwölbtes Strohdach deckt!

u nur, heilge Stille, flügelst

   Hoch den Geist empor!

hrst der Hofnung Schifflein, spiegelst

s des Himmels Freuden vor!

———

Der Abend.

Im Abendschimmer wallt der Quell
Durch Wiesenblumen purpurhell,
Der Pappelweide wechselnd Grün
Weht ruhelispelnd drüber hin.

Im Lenzhauch webt der Geist des Herrn!
Sieh! Auferstehung nah' und fern,
Sieh! Lebensodem, Schönheitsmeer,
Und Jugendfülle ringsumher!

Ich blicke her, ich blicke hin,
Und immer höher schwebt mein Sinn!
O Tand sind Pracht und Gold und Ruhm,
Natur, in deinem Heiligthum!

Von dir gedrückt ans Mutterherz

Hebt sich die Seele sonnenwärts,

Des Himmels Ahndung den umweht,

Der deinen Liebeston versteht!

Tröstung.

Säuselten gleich nicht immer Frühlingslüfte
Um den rosigen Lenzbaum meiner Jugend,
Beugte gleich verheerender Nachtsturm oft sein
Blüthenhaupt nieder:

O so enthüllte schöner nach dem Wetter
Seinen traurenden Zweigen sich die Sonne,
Strömt' auf ihren Schmachtenden, mutter=
freundlich
Höhere Labung!

Erinnerung.

Engelgesänge tönten durch die Wipfel,

Als den heiligen Erstlingskuß der Liebe

In die wonnebebende Seele Lauras

Lippen mir glühten!

Rosiger wallte da der Abend nieder,

Süßer dufteten alle Gartenblumen

Auf den Bäumen flöteten Nachtigallen

Lieder der Liebe!

Seliger Abend, den ich nie vergesse!

Jede nächtliche Stunde wird mir lichter

Schwebt dein Bild, in Himmelsgestalt um meine

Trauernde Seele!

Elegie
an
die Ruhe.

Ogni oggetto ch'altrui piace

Per me lieto più non è,

O perduto la mia pace,

Son io stesso in odio a me.

Rolli.

Des schönsten Tages Abend sinkt bekrönt

Mit glanzbesäumten Purpurwolken nieder,

Des Haines Bild, vom goldnen Stral verschönt,

Blinkt aus des See's kristallnem Spiegel wieder,

Durch Feld und Wald und Saatgefilde tönt

Die Sängerin der Nächte Zauberlieder,

Jezt schwebst du, Herzerfreuerin, o Ruh',

Der müden Schöpfung schlummerträufelnd zu.

O du, umstralt von rosenfarbnem Licht,

Von Gott zum Trost dem Sterblichen beschieden,

Wenn jeder Stab in seinen Händen bricht,

Du thaust izt Labung auf das Haupt des Müden,

Nur mir ins Herz strömst du wie vormals nicht,

Allgütige, des Himmels süssen Frieden!

Hast du, die einst mir stets zur Seite stand,

Den Blick auf ewig von mir weggewandt?

Dich sucht in banger, sternenloser Nacht,

Mein Geist auf naßgeweinter Schlummerstäte,

Wo nur der Schwermuth trübes Auge wacht,

Dich, die mich einst zum Erdengott erhöhte,

Als noch, voll Herrlichkeit und Himmelspracht,

Des Jugendlenzes erste Morgenröthe,

O wie so rein, so mild, so wellenlos

Ihr schönes Licht auf meine Pfade goß!

Da mein stillheitres, unbefangnes Herz
Das grosse Lebensschauspiel noch nicht kannte,
Bei fremder Freude, wie bei fremdem Schmerz
Von engeireiner Mitempfindung brannte,
Und ach! wie oft geflügelt himmelwärts,
In Andacht schmolz! o Ruh! o Gottgesandte!
Da kränztest du mit sanfter Freude mich,
Da nannt' ich Schwester, Busenfreundin dich!

Im Nachtigallenhain, am Wasserfall,
Am blumenvollen Hang bebüschter Hügel,
Im Erlenwald, im bunten Frühlingsthal,
An mondbeglänzter Bäche heitrem Spiegel,
Im Morgenlicht, im Abenddämmrungsstral
Umschwebte wonnesäuselnd mich dein Flügel;
Auf Rosen hingegossen, wehtest du
Mir Schlaf und Paradiesesträume zu!

Oft wann in schlummerloser Nacht eu'r Bild
Mit allen seinen tausend Seligkeiten
Und goldnen Szenen mir die Seele füllt,
O holde, ruhgeweihte Knabenzeiten!
Dann wird die Dunkelheit die mich umhüllt
Noch nächtlicher und heiße Thränen gleiten!
Vergebens fleh' ich weinend vom Geschick
Nur einen Tropfen eurer Lust zurück!

Am Grabe tagt des Lebens Dämmerung!
Dort sinkt entnervt der Arm des Kummers nieder,
Hoch zu den Sternen hebt mit Adlerschwung
Der freie Geist sein stralendes Gefieder!
Wann reichst du mir, o Tod, den Labetrunk?
Wann sammelst du den Staub zum Staube wieder?
Entschimmre bald dem Ozean der Zeit,
O Morgenroth, der ernsten Ewigkeit!

An Sander.

Sander, du scheidest? Jezt da immer bänger,

Immer schwüler und schwüler mir der Tag wird,

Immer steiler, dornichter, klippenvoller

Sich durch des Lebens

Nächtliche Wüsten meine Pfade winden,

Jeder Schimmer der Hofnung sich verdunkelt,

Mir kein Quell mehr Labungen strömt, kein

kühler

Schatten mehr wehet;

Keines

Keines der Thale mehr, wo einst mit Liedern

Wir den rosigen Wonnemond begrüßten,

In die stille Dämmerung seiner Bäume

Gütig mich aufnimmt;

Keine der Rosenlauben mich umduftet,

Wo dem Liede der Nachtigall wir horchten,

Wenn im Schimmer wallender Westgewölke

Hesper erwachte!

Sanftes Entzücken, Ruh' und Seelenstille

Wehte, von des umbüschten Seees Ufern,

Dann des Abends thauender Purpurfittig

Zu uns herüber!

F

Hauche des Frühlings bebten durch die Erlen,
Beugten lispelnd der jungen Blumenwiese
Zarte Halme, wiegten sich auf des Seees
Silbernen Wellen!

Ach! so erbebten unsre Seelen, Bester!
So durchwandelt' uns leiser Ahndung Schauer,
Wann dein Flammengenius, o Begeistrung!
Nun uns umschwebte.

Wenn wir, geschlungen Arm in Arm, der Blüthen,
Und des wehenden Grases und der Saaten,
Die den grünen Hügel hinunter wallten,
Herzlich uns freuten!

Wenn uns der Thauduft und des Baches Rauschen,

  Und des steigenden Mondes stilles Antliz,

    Und der Sterne Reigen in Sommernächten

      Himmlisch entzückte!

Wenn wir im Weidenthale dich, o Elbe!

  Mit geflügelter Eil vorübergleiten

    Sahn, und ahndend seufzten; Ach! so wird alles,

      Alles dahingehn!

Wehe! dahingerauscht mit Wetterschnelle

  Sind die Stunden der Freundschaft und der Liebe!

    Keine Klage, Sander, ach! keine Thräne

      Bringt sie uns wieder!

Scheidet der Winter nicht des Haines Blätter
Von dem Zweige der sie gebar auf ewig?
Kehrt zur Mutterquelle des Stromes Woge
Jemals wohl wieder?

Edler! wie war mir's wohl an deinem Busen!
Wie beseligend strömte deine Rede
Ruhe, Tröstung, Ahndungen, Himmelsfreuden
Mir in die Seele!

Kummergewölfe schwanden deinem Lächeln,
Ruhe kehrte dem bangen Herzen wieder,
Wann dem trostlos Wankenden du die treue
Bruderhand reichtest!

Lachend und heiter war mir da die Zukunft,

Goldne Bilder entschwebten auf den Flügeln

Süsser Hofnung wonneverkündend ihren

Zaubergefilden!

Wehe! dahingerauscht mit Wetterschnelle

Sind die Stunden der Freundschaft und der Liebe!

Keine Klage, Sander, ach keine Thräne

Bringt sie uns wieder!

Beruhigung.

Wie Frühlingsregen auf den entblühten Hain,
So träufeln Thränen auf meiner Jugend Pfad,
Kein milder Sonnenblick der Freude
Heitert die nächtliche Seelentrauer.

Gott ist die Liebe! hallt es im Feierton
Des hohen Jubels, bebende Saiten, nach!
Und du gebeugte, bange Seele,
Dulde gelassen! Gott ist die Liebe!

An den Abendstern.

Stern der Liebe!

Bleich und trübe

   Blinkt dein Silberlicht;

Meinen Blicken

Stralst Entzücken

   Du wie vormals nicht!

Deine Schimmer

Fanden immer

   Mich bei frohem Sinn,

Doch die Tage

Sonder Klage

   Flohn zu schnell dahin!

Trennung raubte

Eh' ich's glaubte

　　Meinen Damon mir;

Herzen bluten

Um den Guten

　　Thränend klag' ichs dir!

An Leukon.

—

Trink des Stromes der Freude! sieh, noch fluthet
Seiner schäumenden Wogen ganze Fülle
Durch die rosenbekränzten Thale deiner
    Glücklichen Jugend!

Stürme werden sein lichtes Silber wandeln,
Dornen auf dem beblümten Ufer wildern,
Daß des Schöpfenden Blut die aufgewühlten
    Wellen bepurpurt!

———

Der Eutinersee.

An Voß.

Herrlich, o See, sind deine Silberfluthen,
Sanft vom goldenen Abendschein geröthet
Oder mild, in Nächten des Mais, vom stillen
Monde beleuchtet!

Lüfte des Frühlings bebten durch die Wipfel!
Vögel sangen im Grünen! Wolkenbilder
Schwebten, hell vom westlichen Stral, in deiner
Wallenden Klarheit!

Rinnen, o Voß, wird spät noch der Erinnrung
Schwermuthsvollere Thräne, ach! den Freuden,
Die durch dich im Thale des Sees, in diesem
Irdischen Himmel,

Unter den Linden, die den grünumschilften
Agneswerder beschatten, in der Laube
Stillvertrautem Dunkel und in des Gartens
Kühle mich kränzten!

Die Natur.

An Gerstenberg.

Saht ihr, in stiller Sommernacht, den Mond
Durch melancholische Zypressen schaun,
Wann ringsumher die feiernde Natur
In Schlummer sank und kaum zu athmen schien,
Und jedes Herz in süsser Wehmuth schmolz?
Saht ihr, vom goldnen Abenddämmrungslicht
Sanft angestralt, in stiller Majestät,
Helveziens beeiste Gipfel glühn?
Saht ihr, wie dort vom schroffen Fels der Rhein,
Gleich immerdonnernden Gewittern, sich
In hochgethürmte Schaumgebirge stürzt?
Ha! selbst der hundertjähr'gen Eiche Stamm

Ist seinen Riesenwogen hier ein Spiel!

Saht ihr, vom Sturm empört, den Ozean,

Mit ungezähmter Wuth, bald himmelwärts

Verschlagne Flotten schleudern, bald hinab

Zur schwarzen Tiefe stürzen, donnernd sich

Noch einmal heben, und die Leichen dann

Hochbrandend schmettern an das Felsgestad?

Saht ihr dies alles, so beschwör' ich euch,

O Dichterlinge! bei den Grazien

Und Musen! bei des Mäoniden Geist!

Bei jenen Höh'n, die Klopstocks Genius

Zuerst erschwebte! bei dem Harfenklang

Von Fingals Barden! bei Petrarkas Quell!

Beim Lorbeerbaum der Maros Grab umrauscht!

Bei jenem Paradits der Feeret

Wo einst Rinaldos Heldenkraft erlag!

Bei Miltons Lichtgruß! bei dem düstern Flor

Um Dantes Nachtstück: Ugolinos Tod!

Bei Hamlets Seyn und Nichtseyn! beim Erguß

Des Vaterherzens an Narzissas Gruft!

Bei Wielands rosenfarbner Zauberwelt!

Bei Uzens Sonnenflug, bei Allem was

Dem Dichter heilig ist, beschwör' ich euch:

Entweihet nicht das Allerheiligste

Der göttlichen Natur, in Red' und Sang,

Durch leeres Wortgeschäum, von Seelensturm,

Von Schwung und Allkraft, Drang und Hochgefühl!

Denn wisset es verschmäht die Göttliche

Der Dichterlinge Kainsopfer, winkt

Dem Sturm der Zeit, leutzürnend, zu verwehn

Den schwarzen Dampf, der ihr ein Gräuel ist!

Hymne.

Herr! es verkündigt dich der Wandelsterne Gang,

Durch alle Himmel tönt seraphischer Gesang,

Die ganze Schöpfung schwebt in ewgen Harmonieen,

So weit sich Welten drehn und Sonnenheere glühen!

Dein Tempel, die Natur, ist deiner Herrlichkeit

Und deiner Güte voll! des Frühlings Blumenkleid,

Des Sommers Aehrenmeer, des Herbstes Trau-

benhügel,

Des Winters Silberhöh'n sind deiner Allmacht

Spiegel!

Was bin ich, Herr, vor dir? Seit gestern leb' ich
kaum,
Und doch trennt von der Gruft mich nur ein kleiner
Raum;
Nur Traum und Dämmrung bleibt im Erdenthal
mein Wissen
Mein Leben fleucht dahin umringt von Finsternissen!

O du, den oft zu Gott der Andacht Flügel trug,
Empor, empor, mein Geist, mit kühnem Adlerflug!
Die Ewigkeit ist dein, zum lichten Engelleben,
O sing ihm ewig Dank! wird dich der Herr erheben!

Drum weih' ich dir allein, o Gott, der Harfe Klang!
Dich preise früh und spät mein betender Gesang,
Bis dies Gewand von Staub des Todes Hand zer-
trümmert,
Und dir, o Quell des Lichts, mein Geist entgegen-
schimmert!

Die Elfenkönigin.

Was unterm Monde gleicht
Uns Elfen flink und leicht?
Wir spiegeln uns im Thau
Der sternenhellen Au,
Wir tanzen auf des Baches Moos',
Wir wiegen uns am Frühlingssproß,
Und ruhn in weicher Blumen Schooß!

Ihr Elfen, auf den Höh'n!
Ihr Elfen, an den See'n,
Zum thaubeperlten Grün
Folgt eurer Königin!
Im grauen Mettenfädleinkranz,
Umflimmert von des Glühwurms Glanz,
Herbei! herbei! zum Mondscheintanz!

G

Ein Schleier, weiß und fein,

Gebleicht im Sternenschein

Auf kühler Todtengruft,

Umwall' euch leicht wie Duft!

Durch Moos und Schilf, durch Korn und Hain,

Bergauf, thalab, waldaus, feldein,

Herbei! herbei! zum Ringelreihn!

Beim Sommermondscheinball,

Am Quell im Erlenthal,

Umschleiert unser Chor

Ein weisser Nebelflor;

Wir kreisen schnell, wir schweben leicht,

Ein finstres Gnomenheer entsteigt

Dem Erdenschooß und harft und geigt!

Das Mark vom Schmetterling

Den eine Jungfrau fieng,

Das Hirn der Nachtigall

Bereiten wir zum Mahl,

Und schlürfen, unter Rundgesang

Und Flötenton und Harfenklang,

Aus Blumenkelchen Göttertrank!

Herbei! herbei! zum Tanz

Im Mettenfäbleinkranz!

Schnell rollt der Elfen Kreis

Im zirkelrunden Gleis!

Wo ist ein Fuß der nimmer glitt?

Wir Elfen fliehn mit Zephyrschritt,

Kein Gräschen beuget unser Tritt!

Hymne
an die Phantasie.

An Klopstock.

Wie von Blüthe zu Blüthe die Biene fleugt,

Also schwebst du, o Phantasie,

Umflossen von des Aetherlichts goldenem Strom,

Durch des Himmels heilige Gefilde,

Wonnestralend von Welt zu Welt!

Gleich des Nordscheins strömendem Purpur glänzt

Deines Fluges blendende Bahn!

Ahndung und Sehnen und Wehmuth,

Und Ruh' und Entzücken und Wonne

Umtanzen in holder

Geniusbildung, o Göttin, dich!

Heil! dir, Unsterbliche, Heil!

Du entschleierst der Erinnerung freundliches Ge-

stirn,

Welchem Allvater über der Lebenszeit

    Dämmerndem Grabe zu leuchten gebot!

Heil! dir, Unsterbliche, Heil!

Du bestralst mit Hofnungsmorgenröthe

    Der Zukunft umnachteten Hain!

    Heil! dir, Unsterbliche, Heil!

Auf des Mondes lieblichen Fluren

Weilst du im Schimmer des Erdenlichts,

Auf der Sonne flammenden Wegen

    Wiegst du, Himmlische, jauchzend dich,

Wie auf der Waizensaat grünlichen Wallungen

    Sanft sich wieget der Abendwind!

Schwingst dich höher hinan, wo der Altar,

    Dem, der aus Welten ihn baute, flammt;

Wo im Kranze die Rose des Himmels

Opfergerüche zu ihm sendet empor

Der aus Lichtglanz webte ihrer Blätter

    Stralende Herrlichkeit;

Wo sein Haupt der Adler majestätisch hebt,

    Und der melodische Schwan

Horchet der Leier begeisterndem Silberklang!

    Breitest die Fittige stürmender dann,

Und fleugst empor, empor, wo der Sterne Lied

Triumph und Jubel und Vollendung tönt;

    Wo des unvergänglichen Seyns

Lebendige Vorempfindung, (ach! im Thal des Staubs

    Nur leiser, kaumgehörter Laut!)

    Im reinsten Vollklang dich umströmt;

    Wo der Wesen unendliche Leiter,

Umschlungen von den Banden der ewigen Harmonie,

    Sich dir in unbewölktem Himmelsschein enthüllt,

    Bis dahin, wo sie an des Urlichts Quell,

    In eignem Glanze sich verliert,

    Und wo der kühnste deiner Schwünge

Sie ewig und ewig nicht ermißt!

Hymne
an die Hofnung.

An Gotthardt Grafen von Mannteuffell.

Wie der Schimmer des Mondes
Durch die Schatten der Haine blinkt,
Auf umnachteter Woge leuchtet:
Also glänzt, mit Sternenklarheit,
Durch der Wehmuth Nebelschleier,
Durch des Kummers Nacht dein Lächeln,
Freundin der Engel und Menschen, o Hofnung!

Wie der steigenden Sonne
Die purpurne Frühe voranfleugt:
Also fleugst du, auf stralenden Flügeln,
Dem Tage des Lohns am errungenen Ziele,
Dem Tage der ewigen Wonne voran,
Trösterin aller Verlaßnen, o Hofnung!

Wie dem Kuße der Lenzluft
Sich die Blume des Thals enthüllt,
Sich die Knospe des Hains entfaltet:
Also schleußt dir meine Seele sich auf,
Freundliche Tochter des Himmels, o Hofnung!

Wann du mit holdem Engelgruß,
Auf öden Felsenpfaden mir erscheinst:
O dann vergoldet sich des Lebens Horizont
Mit mildem Glanz aus bessern Welten;
O dann schweben, heilverkündend,
Lächelnde Ahndungsgestalten,
Gleich der Flammensäule des erwählten Volks,
In lichten Schaaren vor mir her und streuen
Leitende Schimmer auf meine Bahn.

O Hofnung! Hofnung! tröſtend wie Frühlings-

hauch

Nach Winterſtürmen! freundlich wie Morgenroth!

Entzückend wie die Sommermondnacht!

Lieblich wie auf Mädchenwangen

Des erſten Kußes keuſche Röthe:

Wenn alles um mich her verblüht und ſtirbt,

Wenn alles fällt und ſinkt und untergeht:

O Hofnung! Hofnung! dann verlaß mich nicht!

Umſtröme ganz mit hoher Himmelsahndung,

Mit Vorempfindung der Unſterblichkeit,

Mit Freuden Gottes mir die müde Seele,

Und hebe des Verlaßnen Geiſt empor

Zu lichten Höh'n und zeig in heil'ger Ferne

Ihm ſeiner Wallfahrt palmumkränztes Ziel,

Wo an des Urlicht unerſchaffnem Quell

Das Halleluja der Vollendung tönt;

G 5

Ach! wo die beſſern, gleichgeſchaffnen Seelen

Des Wiederfindens unausſprechliches Entzücken

Des ewigen Vereinens ſanftre Wonne

In Strömen trinken, unter Engelchören

Dem Thron des Allvollkommnen näher wallen,

Mit ſüſſer Sehnſucht ihrer Zukunft Loos

Im Seraph ahnden und es ganz empfinden,

Daß Lieb' auf Erden trübe Dämmrung nur,

Daß Lieb' im Himmel Sonnenaufgang iſt!

An Werdomar.

Du, deſſen Seele Feuerbegeiſterung,
Im kühnen Taumel, zu den Geſtirnen reißt,
Singſt du, von Eichen ringsumſchauert,
Glühend von Gott und dem Vaterlande:

Geſegnet, Jüngling, dreimal geſegnet mir!
Dein Ausblick kündet flammende Seelenkraft,
Zu ringen nach dem Kranz des Lohnes,
Welcher am Ziele der Laufbahn ſchimmert.

Wenn ſtets du ſingſt, wozu dir dein Vaterland,
Die Tugend dir und heilige Freiheitsglut
Im Eichenhain die Saiten ſtimmen,
Wo du zuerſt deine Harfe prüfteſt:

So schlingt sich einst, (o wehre der Zähre nicht,
Der Freudenzähre, die dir im Auge blinkt!)
 So wahrals du von Hermann stammest,
 Um deine Locken der Eichensprößling!

Voll Glut die Seele, walle die hohe Bahn!
Den Sieger, wisse! lohnet Unsterblichkeit!
 Sie, deren ewiglichten Schimmer
 Nie die Gewölke der Zeit verdüstern!

An die Freiheit.

Die ich zur Göttin mir erkohr,
O Freiheit! mit dem Flammenblick,
Dir huldigte
Schon früh mein deutsches Herz!

Laut klopft dem Vaterland' es zu,
Dem Mädchen und dem Freunde laut;
Doch lauter noch
O Tochter Gottes, dir!

Wer dich nicht liebt, sei nie mein Freund;
Ihm schließe nie mein Herz sich auf
Und wäre gleich
Gebirgtes Gold der Preis!

Du bist dem Edlen, der dich kennt,

Das gröſte Kleinod, felſenfeſt

Im Unglücksſturm,

Dem Tode ſelbſt zu ſtark.

Heil dem, den du zum Liebling dir,

Zu deinem Sänger dir erkohrſt,

Die Lebensbahn

Wird Eden ſeinem Blick!

Heil, Heil auch mir! ich lernte ſchon

Als Knabe deinen Wink verſtehn,

Doch beſſer noch

Verſtand der Jüngling ihn.

Du zeigteſt, Göttin, mir zuerſt
Der Tugend holde Lichtgeſtalt,
   An deiner Hand
    Gewann ich ihren Pfad!

Du legteſt früh in meine Bruſt,
Zu jeder edlen That den Keim,
   Und mancher iſt
    Emporgeblüht durch dich!

Du leiteteſt zum Himmelsquell
Der Weisheit und der Schönheit mich,
   Gabſt Stärke mir
    Zu ſchöpfen tief und gut!

Geweinter Dank, o Freiheit, dir!

Du flügelst meinen trunknen Geist

Mit Feuerkraft,

Zu wagen jeden Flug!

Du giebst mir himmelhohen Muth,

Wenn Unterdrücker, sonder Zahl,

Aus deinem Arm

Mich loszuwinden dräun!

Sie mögens nicht! denn deine Hand

Wird ihrem schlaffen Nacken schwer;

Wie leichte Spreu

Zerstieben sie vor dir!

Durch dich heb' ich, der Bosheit kühn,
Die freie, unbewölkte Stirn;
　　Dein Schwert flammt auf!
　　Ihr Sklavenheer erbebt!

Wenn düstres Trauren mich umringt,
Tief in der Seele Kummer nagt,
　　Winkst du die Ruh'
　　Dem bangen Geist zurück!

Du lächelst Engelheiterkeit
Auf mein bestrohtes Dach herab,
　　Wo jeder Tag
　　Mir unter Lust entfleugt!

Die Geliebte.

Als ich die Langersehnte fand,
Mein Herz sich an das ihre band,
Und, durch geheimen Zauberzug,
Ihr Busen mir entgegen schlug:

Da war ich froh in meinem Sinn!
Da tanzte Tag auf Tag mir hin,
Wie Bächlein hell im Sonnenschein,
So lauter und so silberrein!

Da lachte Freud' und süße Ruh'
Mir stets ihr blaues Auge zu,
Die ganze Welt vor mir vergieng,
Wenn mich ihr Schwanenarm umfieng!

Da war mir jede Stunde süß,

Mein Lebenspfad ein Paradies;

Denn alle Erdenseligkeit

Lag sonder Maas' drauf ausgestreut.

Wenn ich an ihrem Busen lag,

Wiegt' ihres Herzens leiser Schlag

Mich sanft zu Himmelsträumen ein;

Und mir schlug dieses Herz allein!

Wenn uns im Laubbach, kühl und grün,

Der liebe volle Mond, beschien,

Sang Hain und Flur mir Sphärensang,

Und jede Seelensait' erklang.

Bald wallten wir durch Blumenau'n,
Des Frühlings Zauberpracht zu schau'n;
Doch blickt ich ihr ins Angesicht,
Sah' ich die Lenzgefilde nicht!

Bald ruhten wir auf Quellenmoos,
Wenn sanft der Abend niederfloß,
Da drückte heiß sich Mund an Mund,
Zu festen unsern Liebesbund.

Wie Maienregen niederfleußt,
Auf Blüthenbäume sich ergeußt,
Floß jeder Flammenkuß von ihr
Erlabend in die Seele mir.

Wir lebten Himmelswohnern gleich,
Wie sie an tausend Freuden reich,
Es wogt' und rauscht' ein Wonnemeer,
Nicht abzusehn, rings um uns her!

Genug der Freuden, o mein Lied,
Die einst mir Glücklichen geblüht!
Hinab, hinab zum Trauerton!
Die Freuden alle sind entflohn!

Sie gab, in leichtem Flattersinn,
Ihr Herz an einen andern hin,
Zerriß das goldne Himmelsband
Das Lieb' um unsre Seelen wand!

Das troknete mit rascher Wuth,
Wie wilde Hundstagssonnenglut,
Die Quelle meiner Freuden leer,
Von Stund' an floß kein Tröpfchen mehr!

Die Sonne steigt, die Sonne sinkt,
Des Mondes Wechselscheibe blinkt,
Des Himmels Blau durchwebt mit Glanz
Der Sterne goldner Reihentanz;

Doch es durchströmt der Sonne Licht,
Des Mondes lächelndes Gesicht,
Der Sterne Reigen, still und hehr,
Mit Hochgefühl dies Herz nicht mehr!

Die Wiese blüht, der Büsche Grün
Ertönt von Frühlingsmelodien,
Es wallt der Bach im Abendstral
Hinab ins hainumkränzte Thal;

Doch es erhebt der Haine Lied,
Die Au, die tausendfarbig blüht,
Der Erlenbach im Abenblicht
Wie vormals meine Seele nicht?

Es schleicht, bei wintertrübem Sinn,
Mein Leben langsamtraurig hin,
Ich irr' in düstrer Mitternacht,
Von keinem Sternlein angelacht.

Mein armes tiefgequáltes Herz
Durchwüthet Angst, durchwüthet Schmerz,
Verhaßter Sorgen Natternbrut
Náhrt grausam sich von meinem Blut!

Die Pein, die meinen Busen engt,
Mich wild bald hie, bald dorthin drängt,
Mir rastlos in die Seele stürmt,
Mit Wolken stets mein Haupt umthürmt,

Hat meine Wangen abgebleicht,
Hinweg die innre Ruh' gescheucht,
Zernagt mich wie der Morgen graut,
Bis wenn der kühle Abend thaut!

Ha! wenn mich jetzt die Falsche säh',
In all dem Ach! in all dem Weh'!
Von Höllenleiden sonder Zahl
Umstrickt zu Folterpein und Quaal:

Vielleicht daß ihr ein Thränlein denn
Vom blauen Auge niederränn',
Ihr Herz, von Reu und Buße schwer,
Nun wieder ganz das meine wär'!

H 5

Abendlied.

Der Abend schleiert Flur und Hain
In traulichholde Dämmrung ein,
Manch Wölklein hell im Westen schwimmt,
Vom sanften Liebesstern durchflimmt.

Die Wogenfluth tönt Schlummerklang,
Die Bäume lispeln Abendsang,
Das Wiesengras durchhaucht gelind
Der liebe Sommerabendwind.

Der Geist der Liebe wirkt und webt
In allem was sich regt und lebt;
Im Meer, wo Wog' in Woge fließt,
Im Hain, wo Blatt an Blatt sich schließt!

O Geist der Liebe, führe du
Dem Jüngling die Geliebte zu!
Ein süßer Blick der Lieb' erhellt
Mit Himmelsglanz die Erdenwelt!

An Ossian.

Wann oft, in Stunden heiliger Mitternacht,
Mein Ohr dem Strome deines Gesanges horcht,
    Und der Vorzeit goldne Bilder
        Um die begeisterte Seele schweben:

Dann rinnt die Thräne! hüllt doch Vergessenheit
Die Barden Teutons, ach! schon Jahrhunderte;
    Werth vielleicht mit dir, o Vater,
        Um der Unsterblichkeit Kranz zu ringen!

An einen Maler

Λεγυσιν,

Α Θελυσιν.

Λεγετωσαν,

Τι μελει σοι;

Gemma antiqua.

1.

Zu diesem Christuskopf, erhaben, sanft und mild,
Wünscht' ich von deiner Hand, o Freund, ein Ge-
genbild.
O köntest du das ganz darinn zusammenfaffen
Was Seelen edler Art an Bösewichtern haffen.
Die Züge findest du beim Hogarth sonder Müh',
Ein schändlicher Pasquill auf Menschheit sah' ich nie,

Als seine Höllenzunft von Lotterbubenköpfen!

Aus diesem Quell, o Freund, mußt du die Züge

schöpfen,

Das ekle Mittelding vom Teufel und vom Affen,

Dies Räthsel der Natur getreu und wahr zu schaf=

fen.

Von Holbeins Judas nimm des Blickes Niedrigkeit,

Von G*** die freche Stirn voll Menschenhaß und

Neid,

Das übrige wirst du beim Hogarth alles finden.

Hast du dies Konterfei, den Spiegel aller Sünden,

Wovor die Unschuld bebt, die Frömmigkeit erbleicht,

Die Treue sich verhüllt, die Menschenliebe fleucht,

Mit kühner deutscher Kraft, o Künstler, nun vollen=

det,

Von Schönheit, Lieblichkeit und Anmuth unver=

blendet:

So gieb als Sinnbild noch in seine dürre Hand

Ihm ein Chamäleon und mal' ihm ein Gewand

Wie weiland Skapin trug, nur noch ein wenig bun=

ter,

Und schreib, troz aller Welt, getroſt Voltaire drun=

ter.

2.

Zu dieſem Satanskopf, argliſtig, frech und wild,

Wünſcht' ich von deiner Hand, o Freund, ein Ge=

genbild.

O könnteſt du das ganz darinn zuſammenfaſſen

Was Seelen niedrer Art an edlen Menſchen haſſen!

Die Züge findeſt du beim Guido ſonder Müh',

Erhabner huldigte die Kunſt der Menſchheit nie,

Als da er Bilder ſchuff die Himmelsanmuth hau=

chen.

In dieſen Quell, o Freund, mußt du den Pinſel

tauchen,

Das seltne Mittelding vom Menschen und vom En

gel

Zu schaffen ganz und wahr, getreu und ohne Mängel.

Nur nimm von Klopstock noch des Blicks Erhaben

heit,

Von Lavater die Stirn voll Lieb' und Menschlichkeit,

Vom Christus des le Brün der Wangen Jugend

blüthe;

Hast du dies hohe Bild, den Spiegel reiner Güte,

Wovor das Laster bebt, der freche Spott erbleicht,

Die Falschheit sich verhüllt, der Menschenhaß ent

fleucht,

Wovor den Höllenblick selbst Abramelech wendet,

Hast du mit deutscher Kraft dies hohe Bild vollen

det:

So gieb noch, als Symbol, in die gehobne Hand

Der Wahrheit Fackel ihm, und mal' ihm ein Ge

wand

Voll

Voll Glanz, wie Christus Kleid, als er auf Tabor
stand,

Und drunter sei ein Grab bei dem die Tugend weint,

Und auf dem Stein die Schrift: Sie weint um ihren Freund.

* * *

Wem hier sein Herz nicht sagt, wer dieser Freund
gewesen,

Der kann's im heil'gen Hain der Pappelinsel lesen.

———

J

Die Tugend.

Dem Grabe Elisas geweiht.

Heil dir, Vollendete! du haſt den Kranz errun-
gen
Den dir die Tugend wand; durch trübe Dämmerun-
gen
Drangſt du mit Himmelskraft empor zum ewgen
Licht,
Dich ſchreckte ſelbſt die Nacht am Scheidewege nicht;
Ein Schimmer jenes Heils, das dort am Wonneziel
Der guten Seelen ſtralt, erhob dich zum Gefühl
Der Unvergänglichkeit.

Und dies Gefühl vor dem das wüthende Getümmel

Der Erdenstürme schweigt, das einen ganzen Him=

mel

Stillheitrer, sanfter Ruh' in edle Seelen gießt,

Ist der erhabne Lohn der aus der Tugend fließt!

Wo diese Gottheit wohnt, blüht Engelseligkeit,

Wallt spiegelrein und still der Strom der Lebenszeit

Durch Paradiesesau'n!

Es mag umschwärzt von Nacht und grausen Unge=

wittern,

Vom Donnersturm umras't, des Erdballs Axe zit=

tern,

Der Elemente Kampf Tod und Vernichtung dräu'n,

Und stolzer Flotten Macht wie dürres Laub verstreun:

Wo diese Gottheit wohnt, erheitert sich die Luft,

Die Fluren sind Gesang, und Kühlung weht und Duft

Aus stiller Haine Grün!

Es mag, am jähen Rand verlaßner, wilder Küsten

Auf rauher Felsenbahn, in menschenleeren Wüsten

Der müde Wandrer gehn; schon brach sein Pilgerstab,

Schon dünkt die Schöpfung ihm ein immeroffnes

Grab:

Wo diese Gottheit wohnt, verschönt sich jeder Pfad,

Wo ihres Lieblings Tritt voll Zuversicht sich naht,

Zum Schattengang der Ruh'!

Es mag des Todes Arm, im Vollgenuß der Freuden

Erhabner Sympathie, den Freund vom Freunde

scheiden,

Der sanft und fest und treu, am Abgrund der Gefahr,

Wie auf der Bahn des Glücks, ihm Alles, Alles wär,

Wo diese Gottheit wohnt, Verlaßner, da erhellt

Der Zukunft Mitternacht ein Stern der beßern

Welt

Mit sanfter Hofnung Glanz!

Es mag, wenn ringsumher die Rosen sich entfärben,
Des Jünglings Scherze fliehn, des Mannes Freuden sterben,

Der lezte süsse Ton der Liebe selbst verwehn
Und jedes goldne Bild der Täuschung untergehn:
Wo diese Gottheit wohnt, reicht die Erinnerung
Dem Allvergeßnen noch den lezten Labetrunk
Wenn schon sein Auge bricht!

Kein Stundenschlag ertönt, kein Tropfen Zeit ent-
fluthet,
Wo nicht ein edles Herz ym edle Herzen blutet,
Kein Abendstern erscheint, kein Morgenroth beginnt,
Wo nicht der Wehmuth Schmerz auf frühe Gräber
rinnt:
Wo diese Gottheit wohnt, hebt über Grab und Zeit
Und Trennung das Gefühl der Unvergänglichkeit
Des Dulders Geist empor!

J 3

Abschied.

Quellenrauschendes Thal! in deinem Schatten,

Wo sich schwesterlich Ruh und Unschuld küssen,

Flohn die süssesten meiner Jünglingsstunden,

Mit seraphischem Lächeln, mir vorüber,

Wenn, mit rosiger Hand, auf deine Wipfel

Seine Blüthen der junge Maimond streute,

Und die Nachtigall jeder Abenddämmrung

Ihren Zaubergesang entgegen tönte!

Ach! ein trübes Geschick entreißt mich ewig

Deinen düster gewölbten Lindengängen,

Wo dein lächelnder Engelblick, o Laura!

Oft den Himmel mir in die Seele stralte

Und mich höher zu meinem Gott entzückte.

Laß, elysisches Thal, noch diese Thränen,

Meines wachſenden Kummers ſtille Zeugen,

Mich an deinem beblümten Buſen weinen,

Eh' mit ehernem Arm die Scheideſtunde

Meinen zögernden Fußtritt plöslich flügelt!

An Lauras Bildniß.

Wann Dunkel meinen Pfad umhüllt,
　　Werd' ich mit heiligem Entzücken
Und ahndungsvoller Ruh', o Bild,
　　An die beklommne Brust dich drücken!

Dann wird, wie Frühlingsmorgenschein,
　　Des Glaubens Klarheit mich umgeben,
Und mächtiger durch mein Gebein
　　Des Himmels Vorempfindung beben.

Dich soll einst, o geliebtes Bild,
　　In der Verwesung stillen Gründen,
In meines Herzens Staub gehüllt,
　　Der Auferstehung Morgen finden!

Lenzbilder.

Mit grausem Getümmel
Entfliehen vom Himmel,
Gewölke voll Nacht!
Seht! wie sie, zerrissen,
In Regen zerfliessen,
Vom Sturme gejagt!

Nun kehret voll Wonne
Dein Lächeln, o Sonne,
Den Fluren zurück!
Mit segnender Milde
Begrüßt die Gefilde
Dein himmlischer Blick!

Nun sprossen und keimen

Aus Büschen und Bäumen

Die Blätter hervor,

Nun rieselt der Quelle

Lichtblinkende Welle

Durch wankendes Rohr!

Die Bienen umirren

Mit fröhlichem Schwirren

Violen voll Thau,

Sanftathmende Lüfte

Entschmeicheln Gedüfte

Den Kräutern der Au!

Horch! wie in den Thalen,

Die bunter sich malen,

   Das Wollenvieh blöckt,

Und fern in den dichten

Umdüsterten Fichten

   Den Wiederhall weckt!

Durch Pappelalleeen,

An bläulichen Seeen,

   Schallt Liedergetön!

Im rosigen Kleide

Schwebt lächelnd die Freude

   Von blumichten Höh'n!

Sie winkt, unter Küssen

Den Lenz zu begrüßen,

   Die Mädchen zum Hain,

Und schlingt sich in grünen

Gebüschen mit ihnen

   Im zirkelnden Reihn!

Blickt fröhlichen Zechern,

Bei schäumenden Bechern,

   Sokratischen Scherz

Und feuriges Sehnen

Nach lächelnden Schönen

   Ins glühende Herz!

Da eilen die Stunden,

Mit Rosen umwunden,

Mit Wonne beschwingt!

Die Becher erklingen!

Sie scherzen und singen

Bis Hesperus sinkt!

Die Liebe.

Sag' an, o Lied, was an den Staub
    Den Erdenpilger kettet,
Daß er auf dürres Winterlaub
    Sich wie auf Rosen bettet?
Das bist du, süße Liebe! du!
Du giebst ihm Trost, du giebst ihm Ruh'
    Wenn Laub und Blumen sterben!

Und, ach! wenn sein zerrißnes Herz
    Aus tausend Wunden blutet,
Was sänftigt dann den Seelenschmerz
    Der drinnen ebb't und fluthet?
O Liebe! Liebe! Oel und Wein,
Träufst du den Todeswunden ein,
    Tränkst ihn mit Himmelsfreuden.

Wenn ihn Verzweiflung wild umfängt,

   Mit hundert Riesenarmen,

Gewaltig ihn zum Abgrund drängt,

   Wer wird sich sein erbarmen?

Du, Liebe! du erbarmst dich sein,

Führst ihn, wenn tausend Tode dräun,

Noch sanft zurück ins Leben!

Wenn er am Sterbebette weint

   Von Todesgraun umnachtet,

Wo angstvoll seiner Jugend Freund

   Dem Grab' entgegen schmachtet,

Was stillt dann des Verlaßnen Gram?

O Liebe! was der Tod ihm nahm,

Giebst du verschönt ihm wieder!

O Liebe! wenn die Hand des Herrn,

Der Welten Bau zertrümmert,

Kein Sonnenball, kein Mond, kein Stern,

Am Firmament mehr schimmert:

Dann wandelst du der Erde Leib,

Gefährtin der Unsterblichkeit!

In Siegsgesang am Throne!

Wonne der Liebe.

Wer an der Geliebten Augen hangen,
Wer mit Feuerinbrunst sie umfangen,
Sich in ihrem Kuß berauschen kann,
Welch ein hochbeglückter Mann!

Er verlacht das leere Weltgetümmel,
Seinen Blick umschweben tausend Himmel,
Gold und Ehre sind ihm Kinderspiel,
Groß und hehr ist sein Gefühl!

K.

Könnten Engel Sterbliche beneiden,

O sie neideten ihm seine Freuden!

O sie tränken aus der Liebe Meer

Ruh' und Seligkeit wie er!

Die schöne Erde.

Wenn hochentzückt mein Auge sieht
Wie schön die Erde Gottes blüht,
Wie alles Wesen, angeschmiegt,
An ihren Segensbrüsten liegt;

Und sie, voll Mutterfreundlichkeit,
Sich jedes ihrer Kinder freut,
So inniglich sie alle liebt,
Allmilde Nahrung jedem giebt;

Wie groß und hehr, in Himmelspracht,
Ihr volles Blüthenantliz lacht,
Wie sie in steter Jugendkraft
Ohn' Ende segnet, wirkt und schafft:

Dann fühl' ich hohen Feuerdrang
Zu rühmen den mit Preisgesang,
Des wundervoller Allmachtsruf
Die weite Welt so schön erschuff!

Der Wald und Kraut drauf wachsen ließ,
Von Meeren sie umgürten hieß,
Von dem der Segen alle kömmt
Der stündlich ihrem Schooß entströmt!

Drum, o mein Geiſt, erheb' ihn laut
Der dieſe Welt ſo ſchön erbaut!
Erfreu', ſo lang' es ihm gefällt,
Dich immer dieſer ſchönen Welt!

———

Badelied.

Zum Bade! zum Bade!

Vom Blumengestade

Hinab in die wallenden Fluthen!

Die Sonne gebietet,

Sie wüthet, sie wüthet

Mit himmeldurchströmenden Gluten!

Ha! wie so gelinde

Die lispelnden Winde

Die glühenden Wangen uns kühlen!

Wie schäumend die hellen

Lichtblinkenden Wellen

Die schwebenden Hüften umspühlen!

Bald tauchen wir nieder,

Bald heben wir wieder

Uns rudernd aus sandichten Tiefen,

Und kämpfen und ringen

Stromüber zu bringen,

Daß Locken und Wangen! uns triefen!

Auf Wogen zu schweben,

Sich jauchzend zu heben,

Welch Götterentzücken, ihr Brüder!

Da rauschen den Kummer

Die Wellen in Schlummer

Da stählt man die nervichten Glieder!

Durchbrauset die Flächen

Von Flüssen und Bächen,

Von pappelumschatteten Teichen,

Bis Flockengewimmel

Und Stürme, vom Himmel

Die glänzende Bläue verscheuchen!

Sehnsucht.

Gottes Dämmrung ist schön! Wonne der Seligen
Tönt dein Abendgesang, flötende Nachtigall!
   Und es hüllet mein Auge
     In den Schleier der Wehmuth sich?

Die du liebest ist fern! flüstert mein Genius,
Unter Erlen des Bachs wandelt die Traurende,
   Weilt im dämmernden Schatten
     Wo die Zähre der Trennung rann!

Laura, Laura ist fern! eil', o mein Genius,

Flüstr' ihr: Einsam wie du, denkt der Entfernte dein,

Und es hüllet sein Auge

In den Schleier der Wehmuth sich!

Das Dorf.

Da liegt es still, im saatengrünen Thale,
    Das Dörfchen von Gebüsch umkränzt,
Die Dächer roth vom Abendbämmrungsstrale,
    Der durch die Lindenwipfel glänzt!

Dort wohnt in niedrer, weinumrankter Hütte,
    Von Gottes Engeln stets umschwebt,
Ein Mädchen reiner, frommer, deutscher Sitte,
    Für die mein Herz im Stillen bebt.

Sie kümmert nicht der goldnen Stadt Getümmel,

 Nicht eitler Mode Flitterglanz;

Der maibeblümte Garten ist ihr Himmel,

 Ihr ganzer Schmuck ein Veilchenkranz!

Sie tanzt, wann durch den Hain das Frühroth

   schimmert,

 Zum Beet, wo Ros' an Rose glüht,

Pflückt einen Strauß, von Silberthau beflimmert,

 O Voß! und singt dein Maienlied!

Und wann die milde Frühlingsabendstille

 Vom Thaugewölke niederfleußt,

Horcht sie am Bach dem Trauerlied der Grille,

 Das durch die Dämmrung sich ergeußt!

Freut jedes Strauches sich und jeder Quelle
Auf ihrer kleinen Schäferflur,
Und jedes Blümchens, jeder Rasenstelle,
Die holde Tochter der Natur!

Verlebe deines schönen Lebens Tage,
Du gutes, frommes Mädchen, du!
Bis zu der Sterbestunde dumpfem Schlage,
In Freud' und Scherz und Seelenruh!

Die Kahnfahrt.

Eilend gleitet der Kahn über des Abendsee's
Sanfterröthendes Blau, schwebet im leichten Tanz
Saatgefilden vorüber
: Und beblüthetem Haingebüsch.

Freude lächelt der Fluth blinkendes Angesicht!
Freude flüstert das Schilf, welches am Ufer wankt!
Freude lispelt die Welle,
Wenn sie schäumend den Nachen küßt!

Flügle rascher den Kahn, nervichter Jünglingsarm!

Daß uns Feld und Gebüsch schneller vorüberflieh';

Jenes grünende Eiland

Winkt zum fröhlichen Abendschmaus.

Seht! wir fliegen heran! Nachtigallton entbebt

Allen Zweigen umher. Auf, den Pokal bekränzt!

Tiefer funkelt im Westen

Schon der freundliche Abendstern!

Stimme der Liebe.

Abendgewölke schweben hell
Am bepurpurten Himmel;
Hesperus schaut mit Liebesblick
Durch den blühenden Lindenhain,
Und ihr schmelzendes Trauerlied
Zirpt im Kraute die Grille.

Freuden der Liebe harren dein!
Flüstern leise die Winde;
Freuden der Liebe harren dein!
Tönt die Kehle der Nachtigall,
Hoch vom Sternengewölb' herab
Schallt mir Stimme der Liebe!

Him»

Himmel! aus jenem Schattengang
Wandelt Laura die Fromme!
Heftet den Engelblick auf mich,
Fleugt dem seligen Jüngling zu!
Heil mir, daß du auch ihr getönt,
Süße Stimme der Liebe!

Wehmuth.

———

Sonnenvergoldet flüstert ihr, o Linden,
Von der leiseren Herbstluft sanft umathmet,
Banges Ahnden nahender Wintertrauer
Mir in die Seele!

Senken nicht diese bunten Rasenblumen,
Einst des buhlenden Sommerwests Gespielen,
Schon dem frühen Tode die Kronenhäupter
Traurend entgegen?

Ach! es wird ihnen, wenn im kalten Grabe,

Unter silbernen Flocken, sie nun ruhen,

Bald' der allverheerende Nord das grause

Todtenlied heulen!

Traurend durchirr' ich dann die Eisgefilde,

Schaue weinend die Stäte, wo sie prangten:

Denn, wie sie, verblühten auch meiner Jugend

Flüchtige Freuden!

An eine Leidende.

Auch für dich, du liebe Hofnungslose,
    Ob dein Fuß auch izt im Dunkel irrt,
Blüht im Hain der Zukunft manche Rose
    Die kein Erdensturm entblättern wird.

Wenn sich je zu jenen Seligkeiten
    An des Kampfes Ziel dein Glaube schwang,
O so ehre selbst in Dunkelheiten
    Der Vollendung stillerhabnen Gang.

Bis du einst im Ueberwinderkranze,

Dieser Dämmrung im Triumph entfleugst,

Und von Stern zu Stern, von Glanz zu Glanze,

Von Entzückung zu Entzückung steigst.

———

Vergeſſenheit im Grabe.

Dämmrung hüllt die Geſtalt des Todten dem
Auge des Freundes,
Eh' noch das Sterbegeläut über dem Grabe
verhallt;
Wann ſeinen Hügel das Laub des erſten Frühlings
umſäuſelt
Schwebt die Vergeſſenheit ſchon um des Ent=
ſchlafnen Gebein.

An die Nymphen
des Quells der Liebenden.

Hier durchathmeten Lüfte des Frühlings die Locken des Mädchens;

Hier umwallte das Gras spielend ihr weisses Gewand;

Hier umschlang sie der selige Jüngling, bekränzt mit den Blüthen

Später Erhörung, zuerst unter dem dämmernden Baum!

Schützt, ihr freundlichen Nymphen, dies heilige Plätzchen der Liebe,

Wo das glücklichste Paar ewige Treue sich schwur.

An die Weisheit.

Stern der einsamen Nacht, o Weisheit, lächle

mir freundlich!

Leite mein wankendes Schiff sicher durch Wo-

gen und Sturm;

Bis auf dem Eiland der Ruh', ein blühendes Tem-

pe mich aufnimmt,

Wo kein Gewölk deines Strals himmlische Rei-

ne mehr trübt.

An Raphaels Johannes in der Wüste.

Düsseldorf, im Sept. 1786.

Göttlicher Jüngling, umleuchtet vom sterbenden
Scheine des Abends,

Weilst du im einsamen Thal, unter des Fel-
sens Gesträuch;

Senkst den flammenden Blick, voll heiliger Stille
des Geistes,

Auf des fliehenden Bachs düsterbeschattete
Fluth!

Himmelserscheinung auf Erden! im Irrgang' des
wechselnden Schiksals

Ström' überwindende Kraft, Ahndung und
Ruh' mir ins Herz!

L 5

Sieh'! ich eilte dir zu, die Seele voll stürmenden
Unmuths;
Stiller und besser durch dich kehr' ich zur Hei=
math zurück!

———

Theon an Lyda.

Ahi crudo amor! ch'egualmente n'ancide

L'affenzio e'l mel, che tu fra noi difpenfi;

E d'ogni tempo egualmente, mortali

Vengon da te le medicine, e i mali.

Taffo.

1779.

Nimmer, nimmer darf ich dir geftehen

　　Was, beim erften Drucke deiner Hand,

　　Süße Zauberin, mein Herz empfand!

Meiner Einfamkeit verborgnes Flehen,

Meine Seufzer wird der Sturm verwehen,

Meine Thränen werden ungefehen

　　Dir, o Holde, rinnen, bis die Gruft

　　Mich in ihr verfchwiegnes Dunkel ruft!

Ach! du schautest mir so unbefangen,

   So voll Engelunschuld ins Gesicht

     Wähntest den Triumph der Schönheit nicht!

Lyda! Lyda! sahst du nicht den bangen

Blick der Lieb' an deinen Blicken hangen?

Schimmerte die Röthe meiner Wangen

   Dir nicht Ahndung der verlornen Ruh'

     Meines hofnungslosen Herzens zu?

Daß uns Meere doch geschieden hätten

   Nach dem ersten, leisen Druck der Hand!

     Schaudernd wank' ich nun am jähen Rand

Eines Abgrunds, wo, auf Dornenbetten,

Thränenlos, mit diamantnen Ketten,

Die Verzweiflung lauscht. Ach! mich zu retten,

   Holde Feindin meiner Ruh', verbeut

     Dir des strengen Schicksals Grausamkeit!

Elisas Geburtstag.

To each his suff'rings: all are men,
Condemn'd alike to groan,
The tender for another's pain;
Th' unfeeling for his own.

Gray.

1779.

Dein gedenk' ich, o Freundin, mit Thränen des
Danks und der Freude,
Dein mit Gefühlen der Ruh',
Hier auf dem schwellenden Rasen, beschattet vom
blühenden Kirschbaum,
Wo, bei der Nachtigall Lied,
Jüngst dein weinendes Auge sich hellte, wo uns des
Abends

Freundlicher Schimmer umfloß,

Ach! und begrüße mit Himmelsempfindung den
Morgen des Tages

Welcher der Erde dich gab.]

Ruhig fließe mein Lied und sanft, wie dein Leben,
du Edle,

Wenn, am errungenen Ziel,

Einst die lohnende Mirthe dich kränzt und die Liebe
zum Eden

Dir deine Pfade verschönt.

Als die erste Freudenthräne der redlichen Mutter
Ueber die Wange dir rann

Als zum erstenmal ihr Arm, mit süßer Entzückung,
Um die Erflehete sich schlang:

Siehe! da tönte das Lied der Engel aus leuchten=
den Wolken,

Dich zu begrüßen, herab!

Schwester nannten sie dich und Bürgerin seliger
Welten, —
Weihten der Unschuld dein Herz,
Stimmten zum lautersten Einklang mit Gottes Na-
tur deine Seele,
Gossen für Alles, was groß
Und gut und erhaben und schön ist, dir Flammenge-
fühl in den Busen,
Bildeten sorgsam den Keim
Zum beglückenden Wonnegedanken: daß Freund-
schaft und Liebe
Jenseits der Grüfte noch blühn.
Also begannen die Söhne des Lichtes, vereint mit
der Harfe
Bebendem Silbergetön:
„ Schwesterseele, willkommen auf Erden, holdseli-
ges Mädchen,
Sei uns mit Wonne gegrüßt!

Sanft umwölkt sich dein Auge voll Unschuld am Bu-

sen der Mutter;

Ahndet, Geliebte, dein Herz

Schon in der Morgenröthe des Lebens die Stürme

des Mittags?

Zittert ein dämmernd Gefühl

Jener nächtlichen Tage des hofnungslosen Ermat-

tens,

Unter der beugenden Last

Unverschuldeter Schmerzen der Zukunft, dir bang

durch die Seele?

Dornicht und rauh ist der Pfad,

Den die ewige Liebe dich leiten wird, aber am Aus-

gang

Schimmert die Krone des Lohns.

Unschuld, Einfalt und Liebe, und jede gefällige Tu-

gend

Schmücke, Geliebte, dich einst!

Dann

Dann wird voll Hofnung und Ruh' und siegender
Kraft, deine Seele

Mitten im Thale der Nacht,

Wo kein leitendes Sternchen dir funkelt; die Va-
terhand segnen

Welche durch Wüsten dich führt.

Darum wandle voll göttlichen Friedens der Zukunft
entgegen!

Eh' noch dein Mittag sich neigt,

Wird der Stürme Getümmel in Hauche des Frühlings sich wandeln,

Wird deines irdischen Laufs

Blumenumduftete Bahn in rosige Schimmer sich
kleiden,

Und, in Gefilden der Ruh',

Dir dein Leben, durch jedes Entzücken der Tugend
verherrlicht,

Heiter und lächelnd entflieh'n.

M

Eile, wir stehen voll Sehnsucht, o eil' im Wechsel
der Jahre,

Selige, selige Zeit!

Schwesterseele, willkommen auf Erden, holdseliges
Mädchen,

Sei uns mit Wonne gegrüßt!„

Lied.

1778.

Am Strauche, den des Mädchens Hand
Im Frühlingstanze streifte,
Daß Silberthau auf ihr Gewand
Aus jeder Blüthe träufte:
Erinnrung! soll, zu deinem Preis,
Ein Altar sich erheben,
Bekränzt mit Rosen, roth und weiß,
Umgrünt von jungen Reben.

M 2

Hier wo, mit holdem Engelgruß,

Sie mir ins Auge blickte,

Und ich den ersten Flammenkuß

Auf ihre Lippen drückte:

O Hofnung! dankbar weih' ich hier,

Mit jedem jungen Lenze,

Vor allen Himmelstöchtern dir

Des Gartens erste Kränze.

Inhalt.

M 3